JN113753

歌集

季の花

田村　守　著
近藤真木子　絵

時潮社

季（き）の花（はな）　＊　目次

平成二十九年

平成三十年

令和三年

季の花

平成二十九年

初夏

はつ夏の風にさらさらさ揺らぎてさながら樟(くす)の若葉きらめく

ねむの花まもなく咲かんやはらかに揺るる葉むらに蕾(つぼみ)あまた立つ

汗ばみて来し峡(かひ)の橋ふき上ぐる涼しき風に憩ふ時のま

見はるかす海空(うみぞら)高くほつかりとパラグライダー白くたゆたふ

興福寺寺宝展　天心記念五浦美術館

墨染(すみぞ)めの異国の人らユーモアのありて法話を聞けば楽しも

清らなるものか描かれし真白きやうすくれなゐの蓮(はちす)らの花

柱絵(はしら)に描かれし釈迦や 聖(ひじり) の絵あざやかにしてこころひかるる

幾たびも炎に焼けしみ寺にて残る菩薩の尊きものを

いまさらに阿修羅おもほゆ悲しみを深くたたふるかの眼差(まなざ)しよ

しもつけ草

年々に咲きて三十年(みそとせ)垣の辺(へ)にしもつけ草の今年も萌ゆる

しもつけ草咲くべき時かむらがれる蕾日ごとに赤みましくる

梅雨どきに咲きてし匂ふうす紅きしもつけ草の花のひとむら

シモツケ

夏日　高戸浜周辺

梅雨あけしばかりといふに梅雨のごと今日も朝から小止(をや)みなく降る

日照時間かくも少なく実りたるあまたの葡萄割れしとふはや

降る雨にこもりてひとり球児らの熱き闘ひ見つつ楽しむ

夏日さす川の流れに魚の影見えてほとりに鴨(かも)のたむろす

かの花はのうぜんかづら遠くより分かるるほどに朱頭(あけた)ちて咲く

海よりの風にそよげる稲葉うへ秋あかねらのはやも飛びゐつ

かがよへる浜に人なくしんしんと夏の光はふりそそぎをり

砂浜のかたへに続くいちめんのソーラーパネルの黒きしづまり

嵐の後

川岸のもろ草なびき濁りたる流れ水際（みぎは）に鴨ら寄りゐつ

群れて咲く彼岸花のへひらひらと揚羽蝶とぶ黄に光りつつ

荒き風に耐へしか稔りたる稲は遠くまで黄に匂ひてゐたり

雀おどし鳴り響くなか水漬(みづ)きたる苅田に鷺(さぎ)や鴉(からす)らの見ゆ

切通しむし暑くしてゆく道にみんみん蟬の鳴く声ひびく

断崖(きりぎし)の高きに波の砕けつつとどろきやまぬ高戸の浜辺

砂浜にしぶきをあげておし寄する波はにごれる砂うごきつつ

まぼろしを見しか真白き鷗（かもめ）らの海光（て）るなかにたまゆらに消ゆ

黄菊

軒先（のきさき）に来てはさへづる黒つぐみもろもろの声うつくしき声

おうな逝きし家の庭先あかあかと熟れたる柿の見ゆる寂しさ

厨(くりや)にて摘みし黄菊の花びらを洗ふさやけき水の音する

酢の物の黄菊の花をさくさくと食べつつ今宵酒の過ぎたり

銀杏

美しくかく黄葉(もみぢ)してゆく秋の空に立ちたる銀杏(いちやう)すがしき

わが義父(ちち)の菩提寺に立つ大銀杏今し黄葉のかがやくらんか

み寺よりいただきし銀杏(ぎんなん)楽しみて妻は子らにしいりてやりしか

こがらしに枝にわづかの実をとどめ銀杏もみぢは落葉しにけり

銀杏もみぢ散りてまぶしき公園に子ら遊びゐて冬は来むかふ

柚子

さ緑の若葉にかくれほの白く咲きたる柚子の花いさぎよし

香にたちて咲き散りながらいつしかに青実ふくらむいくばく生らん

日を経つつ色づく柚子に飛び来ては鳴く 鵯（ひよどり） の声のするどし

たわわにも金に光れる柚子の実の見えてさやかに冬は来れり

ユ　ズ

冬野菜

蒔きしより手入れをしたる白菜の育ちて結ぶ抱(かか)ふるほどに

土割れて太くなりたる大根を抜けば重しも白々として

ほのぼのと葉につつまれて育ちたるカリフラワーのわが掌(て)にある

ブロッコリーの花蕾(からい)と言ふはそのつぼみ緑あざやけく冬にふくらむ

畑仕事わが身にこたへ玉ねぎの苗をし去年(こぞ)の半ば植ゑにき

身に合へば動く限りは畑せんと思ひつつまく春菜の種を

山茶花

咲きそめししろたへの花近づきて見ればほのかに甘き香りす

ゆたけくも冬庭に咲く山茶花の夕さり匂ふ花のしろたへ

霜降るころおのづからしてしろたへの山茶花の花はや散りしきる

冬野菜つちかふ畑にしろたへの花びら風に吹かれたむろす

山茶花の返り花咲く二つ三つ真冬の庭に白さえざえと

サザンカ

満月

ひんがしの空ほの蒼(あを)く見えわたりあかあかと出づ冬の満月

みなぎらふ月の光に照らされて家並(やなみ)は深き影をおとしぬ

月光(つきかげ)はやさしきものか仰ぐときわが飛蚊症の影さへやなし

あかつきの阿武隈山地明るみて満月ひくくなほもかがやく

平成三十年

正月

僧ひとり映りて撞ける除夜の鐘おとしんしんとわが身にし沁む

すさむ世に老いつつ生きてかにかくに子らと新年迎へられたり

相老いし友より来たる年賀状しまはんとしてまた読むあはれ

それぞれに暮らしのあらん正月にしてはや子らは帰りゆきたり

冬の日

冬枯れの庭に飛び来る小鳥らを縁に立ちては見をり楽しく

折々に障子に映りて消えゆける鳥の影さへ親しきさらぎ

じょうびたき冬木に来りてしるけくも明かる障子に映るその影

灯のともる家並（やなみ）のうへに鋭くも三日月立ちて光のさゆる

三日月の落ちたる空にかすかにし見えてまたたく冬の星々

眼を凝らしかのふたご座を仰ぎをり時に流星ひかりながれて

七十余年生きて時をり故もなく過去(すぎゆき)うかぶ夢のごとくに

職退きて十年(ととせ)余へたる証(あかし)かも一冊の歌集かたはらにあり

いつの日か歌集にせんと詠みきたる歌を整理すきさらぎの日々

君子蘭

君子蘭母にたまひて三十年(みそとせ)余わがかたはらにありて親しむ

君子蘭咲きそめしかな朝あけて部屋にたちくるすがしき香り

きさらぎの光に透ける黄だいだい花の明るさ花のさやけさ

観梅　弘道館・偕楽園

山茱萸（さんしゅゆ）の高きひともと明るくも黄の花淡くむらがりて咲く

地に触れんばかりしだれて咲きにほふ白梅ひと木立ちてしづけし

梅の香のかよふ庭園に妻子らとこころ和みて憩ふ春の日

のぼり来し階より見れば雲のごとみづうみの辺に紅梅咲けり

いにしへゆ立つや大杉もろともに吐玉泉（とぎょくせん）みゆ木漏れ日の中

井筒（いづつ）なる白き巌（いはほ）に絶ゆるなく伝ひあふるる水きよらなり

引潮

やぶ椿赤く花咲く切通し霧ながれつつかよふ潮の香

あたたかき春日となりて常磐の海遠くまで霞みわたれり

潮騒(しほさゐ)も間遠(まどほ)になりてなぎし海なぎさにただよふ海草(うみくさ)あまた

ひき潮のなぎさに貝を拾ひあふ若き人らの声の聞こゆる

ひき潮の磯にあそぶや鵜(う)の鳥ら相くぐりては岩に日を浴む

海蝕(かいしょく)のすすむきりぎし砥(と)の色の肌もあらはに見ゆるさびしさ

大地震(なゐ)にくづれし浜の山めぐり荒き岩立つまもるがごとく

燕

菜の花の黄に咲く畑に影おとしつばめ飛びかふ三月の尽（じん）

去年（こぞ）に来し同じ燕か電線に止まりてわれを見つつさへづる

朝あけてベランダに立てばいとしくも燕飛び来るひるがへりつつ

花粉症

花冷えのころにしうづく傷のあと若き日の手術思ふもあはれ

花粉症老いて今年も罹りたりわづらはしけれ一生(ひとよ)思ふも

思ほえばふるさとの山ふところに立ち並(な)む杉の美しかりき

チューリップ

愁ひなき春にしならん黄に赤にチューリップの花咲きて明るし

夕づきて花びら閉ぢしチューリップさながら見ゆるほのかなる灯に

チューリップ朝の光にかすかにし揺れつつ閉ぢし花ひらきそむ

チューリップ

満天星

まろやかに刈り込みたりし満天星(どうだん)の春に萌えたつ緑美しく

いつしかに蕾みて早もひとところ花の咲きそむ白つつましく

すずらんの花思はるるうつむきて白く咲きたる満天星の花

咲き終へてさ緑しるく茂りあふ満天星秋は緋(ひ)にもみぢせん

ドウダンツツジ

身辺

五十年たちて何故（なにゆゑ）この痛み術後の傷が因とふあはれ

麻酔より覚めざる人はまれなりと聞きても残る一抹の不安

人の死はかくのごときか仰むけの覚えはあれどその先は無し

遠くより呼ぶ声のしてめざめたり現身（うつしみ）われにかへるひととき

酸素マスクつけゐるわれのかたはらに妻は見てをり家に帰らず

消灯のあと幾たびも覚めて見る時計の針はさしてすすまず

点滴は生のあかしか引きながら闇を移ろふうつろなる影

いづこにか人を救はんドクターヘリ飛びく飛びたつ夜昼となく

帰りゆく道すがら見えはつ夏の光にけぶる遠き山々

見晴らし坂

病みしかばたゆきわが身を慣らさんとして坂道をそろそろ歩む

子供らは健やかにして自転車にわれ追い越してのぼりゆくはや

卯の花の下ゆく道にほのかなる甘き香りのたちてすがしき

木いちごの黄の実わづかに生る藪(やぶ)をうつろふ鳥の見え隠れする

道に沿ふ公園に咲く四照花(やまぼふし)花しろじろと揺れて目にたつ

あぢさゐ

垣のへに蕾みて久し咲きそめしあぢさゐの花色あはあはし

おのづからあぢさゐの花藍(あゐ)深くなりて匂へる梅雨に入りつつ

切通しゆく道のべにがくあぢさゐ見えて形も色も明らけし

アジサイ

梅漬け

梅雨冷えにしまはんとしたる炬燵（こたつ）にし入りて温もる昨日も今日も

ほのかなる黄に色づきてつやつやとしたる梅の実すがしきものか

厨にて塩もみするやわが部屋に夕べほのかに梅の香りす

ベランダに天日干し(てんぴぼし)する梅の実の香りたち来る部屋すみずみに

梅雨ふかむ夕べひとときく久しくも雲間に見ゆる空青々し

梅雨明け

梅雨の明け六月にして澄みわたる高空にはや夏の雲たつ

いち早く鳴くはひよどり故しらに順のあるらし暁（あかつき）にして

さやけくも稲葉青める水田に蛙（かはづ）鳴きかふ真日の照りつつ

梅雨あけて競ふやうぐひすほととぎす川のほとりにひた鳴きしきる

家建てしよりか障子の貼り替へをつとめて今年も妻はするかな

新しく貼りし障子のやはらかなる光に明かる部屋のすがしさ

夏祭り

風なぎて夕あかりする街にはや祭り囃子（ばやし）がながれ夏きぬ

むつまじく輪のなかに入り妻や子が踊りゐたりし時思はるる

高く立つ櫓（やぐら）めぐりてひと夜ひと夜わがふるさとの人は踊りき

たち揺るる灯影（ほかげ）のもとに声かけて友とおどりし時もはるけし

どんどんと空に花火の鳴りそめて階にのぼりつこころせかれて

やつぎばやに花火ひらきてあざやけき赤や緑の光ほとばしる

いっせいに花火のあがり極まりてひととき空は照りかがやけり

猛暑

いつまでも旱(ひでり)つづきて菜園の茄子も胡瓜も立ち枯るるはや

はじめての水遣りしたりかくばかり旱に強きトマトにさへや

この夏は世界的に猛暑と言ふおそるるばかり異変のつづく

温暖化も因とふ森林火災にて死にしコアラは数かぎりなし

熱中症今や災害むなしくも老人（おいびと）あまたいのち落としぬ

熱き風吹きとほりつつさやぐ木の葉の影揺るる乾（から）びたる地に

ざあざあと風の音して夏の日の照り返す道車はしりゆく

午後の日のささぬ窓べに海よりのすずしき風のかよふひと時

やうやくに日はかたむきて木々の影長くなりつつ熱き風なぐ

かにかくにわが身やすけく盆過ぎて続きゐたりし猛暑は去りつ

蟬

ふく風の涼しくなりていつしかも庭にみんみんの鳴く声とだゆ

台風のすぎて夕づくわが庭につくつく法師ひとつ鳴きそむ

暮れてゆく見晴らし坂に鳴きしきるひぐらしの声遠くつらなる

蕎麦の花

前線の雨晴るるらし肌寒く覚めし臥所（ふしど）に虫の音しげし

午前五時雀おどしの鳴りわたりしばらく鳥の鳴く声聞かず

さみどりの糯（もち）もろともに眼に沁みて峡田（かひだ）は遠く黄に稔りたり

ゆく里の道べに沿ひてあはあはと畑いちめん蕎麦(そば)の花咲く

やはらかに揺れてけぶれる花のへに蝶や小蜂ら光りつつ飛ぶ

赤く咲く彼岸花やらうろこ雲見つつおもほゆ故郷の野辺

興福寺再建

中金堂再建せられなつかしくみ寺を訪ひし時を思へり

興福寺の落慶あれば妻と書きし蓮(はす)の散華(さんげ)もまかれたりしか

空はれて中金堂のみ屋根よりまかれし散華うつくしからん

モネ・ルノワール展　茨城県近代美術館

黒き実をつけたるままにひともとの樟の木青く茂りて高し

ルーヴルに茂吉も見しか印象派の描きしその絵の前にわが立つ

移りゆく光を追ひて描きしとふモネの絵見をりこころゆくまで

ルノワールさも明るくてやはらかに描かれたりし人はやさしき

遠き世に描かれたりし絵はるかなる故郷のごとなにかなつかし

めぐりつつひかれたる絵に佇(たたず)みてまた佇みて時の過ぎ行く

憩ひつつ銀杏のかたへ生徒らの見えて聞こゆるきよき歌声

まなかひの湖（うみ）にはいまだ白鳥ら見えず　漣（さざなみ）たちてきらめく

平成三十一年・令和一年

七草粥

今年にてと書かれし賀状年ごとに増えてさびしむ我も老いつつ

底冷えのする朝庭におりたてば水道水さへ凍りてゐたり

凍て付きし畑の蕪(かぶら)など入れて七草粥(ななくさがゆ)と妻は言ふかな

七草の粥をすすれば正月を終へて疲るる身にぞやさしき

冬旱

旱(ひでり)にしうるほひもなくこの日ごろ寒さばかりがただ身にし沁む

さくさくと踏みしも恋ほし真白なる霜柱さへいまだに立たず

冬旱（とうかん）の空かき曇りほつほつとけぶらひながら雨はふり出づ

ひとときの雨に濡れたる垣の黄楊（つげ）すがすがとして緑濃くたつ

山茶花の残りのつぼみ雨あとにふくれて紅き花ひらきそむ

雪

しんしんとしてゐし昨夜（きぞのよ）朝あけて見ればいちめん雪白くつつむ

山茶花の雪散らしつつ目白らはすがれし紅き花めぐりをり

月桂樹につもりたる雪朝の日に解けてきらめきながらしたたる

雪のこる庭に飛び来て日もすがら鶫（つぐみ）はかへす埋れし落ち葉

雪晴れしきさらぎの空鳶（とび）いち羽鳴きつつ飛べり春近からん

春田

耕耘機田を反しゆくあとさきに鴉（からす）羽ばたくたはむるるごと

春の田の道のべゆけば群れて咲く黄のたんぽぽの花明らけし

美しきものか雄雉(おすきじ)たたずめるわが眼の前をあゆみてよぎる

アネモネ

春寒く生ふるアネモネ霜よけに蕾もちたり何色ならん

真白きやくれなゐに咲くアネモネの花に癒さるそのたをやかさ

いつになく季(とき)すぎて咲くアネモネを庭に和みて見ゐるゆふぐれ

無きものと思ひし庭にアネモネのむらさき一輪咲きていとほし

アネモネ

スーパームーン

夕日さす海より出づるスーパームーン薄氷（うすらひ）のごと見えてうつくし

スーパームーンいよよかがやき蒼（あを）深く冴えて果てなき天（そら）を映しぬ

身を照らす大き月影仰ぎつつふとのぞかるるごとき思ひす

雨晴れし街の家並はさながらに月の光ににじみて浮かぶ

赤みさす色もあやしくあかつきにスーパームーンおぼろにて立つ

桜　見晴らし坂

見おろせる浅谷（あさたに）のへに咲き満ちてにほふ桜の花のひとむら

峡の橋ゆ見れば桜の花咲きてうすくれなゐにけぶる山々

足もとに花びら飛びく吹きあぐる風に桜の花の散りつつ

桜さく山のはざまに常磐の青くかすめる春の海見ゆ

アイリス

はつ夏の光をかへしただ白く咲くアイリスの花すがすがし

ひらひらと花びらなびきアイリスの花をいたぶる日すがらの風

おもむきのあるやアイリスしろじろと花びら垂れて雨にし濡るる

アイリス

花水木

うぐひすの声のどかなれ夏立ちて遠く近くに日もすがら鳴く

花水木(はなみづき)咲き満ちたりて吹く風に花しろじろと揺れて匂へり

花水木階より見れば下道(したみち)をゆく少女(をとめ)らの声の聞こゆる

志村ふくみ展　茨城県近代美術館

これがかの草木の色かしみじみと染めし紬（つむぎ）の糸をし見をり

つむぎいと経緯（たてよこ）にして織られしを見つつ西行の歌思はるる

濃淡の色と光をもろともにふくむ紬のうるはしきかな

いかならん心ならんか一生(ひとよ)してつむぎ織をば究(きは)めゆくとふ

妻子らと憩へる庭の木々若葉ゆらして湖(うみ)に風わたりゆく

倉島重友展　天心記念五浦美術館

優しさかもろもろの絵にひかれたり詩歌のごとき添へ書きにさへ

うす紅の深くけぶらひこまやかに描かれしねむの花は妙(たへ)なり

かくのごと光に満ちて描かれし乙女ら浄(きよ)したをやかにして

こよなくも五浦の海を愛(かな)しみし大いなる人のこころしのばん

タゴールが天心しのびて来しとふや五浦の海の空は晴れつつ

潮気(しほけ)だつ海はうねりてまなしたの巌(いはお)に白く波くだけ散る

天心の墓所ある杜(もり)にうぐひすや磯ひよどりの鳴きしきりをり

思ひがけず浜防風のひと叢(むら)をきりぎし沿ひの道べに見たり

卯の花

挿木(さしき)より幾年へしか垣のへの卯の花ひと木身の丈を越ゆ

葉ごもりの卯の花咲くやこの夕べ降り立つ庭にかよふ花の香

咲き満ちてほのかに香る卯の花に蜂らまつはる音もたてなく

しろたへの卯の花いつかうす紅の色さしそめていよよ美し

ウツギ（卯の花）

母

ふるさとの百一の母にはかにて入院せしと言ふ妻かなし

かにかくに母に会ふべくこころ急(せ)くままに高崎駅に降り立つ

いく度か母の名呼べばかすかにし眼をあけてただ妻を見つめつ

一つ二つ何か話さんわが妻はかぼそき母の手をさすりつつ

われにさへ気づきたるかな話しつつ覚えある母の声になりつつ

秋

かいま見る秋暑の庭は静まれり眩(くら)むばかりに光さしつつ

ひとはけのすぢ雲立ちて澄みわたる高空にして秋立つらしも

わづかなる棗(なつめ)の青実葉がくれに見えて揺らげる嵐ふきつつ

夏のころより咲きそめて咲きつげる紅きさつきのこの返り花

秋彼岸なれや今年も亡き人の子が来て庭の草を刈りをり

つはぶき

かたはらの類(たぐ)ひの小菊もろともにつはぶき咲けり黄の色顕ちて

まばらなる黄のつはぶきの花見つつ連想したり夏のひまはり

垣にそふ深きみどりのつはぶきの葉むら照りはゆ秋の光に

ツワブキ

台風

十九号

幾人(いくたり)のいのち奪ひしや台風の過ぎたるあとのただ青き空

ふるさとの久慈の流れの氾濫に鉄橋さへも流されたりき

川近く住む家ありて身に及ぶまでに浸水せしとふあはれ

かにかくにわれは安堵（あんど）するふるさとにただ独り住む義姉（あね）と話して

いかばかり不自由ならん断水の続くままにて生きゆく日々は

二十一号

台風のなごりか夕にくろぐろとしたるむら雲低くただよふ

川岸に橋のたもとに流されし草木たむろす日にさらされて

水引きし岸辺は荒れて流れには見なれし魚の影さへやなし

霜月といふに水漬きし畑のへに咲くひまはりの見ゆるさびしさ

かつてなく海は荒れしかたち切れし黄のブイ一つ砂に埋もるる

くきやかに水平線の青ふかく顕ちてゆく船白く光れる

磯原行

野口雨情生家・記念館

道すがら浜辺につづく防潮堤高きに立ちて海は見えなくに

真青なる海見えわたり裏山につづく木立は風にさやげり

わが父が酔ひて歌ひしかの小唄（こうた）ゆかりのものを見つつ懐かしむ

はからずも雨情の母とわが母は同じ名にして親しみおぼゆ

逝きし子を思ひて作りたると言ふシャボン玉の歌聞こえ来たりぬ

像の前に立てばにはかにシャボン玉つぎつぎ生れて風に吹かるる

かくのごと子をいつくしむ優しさはもろもろの詩にこめられたりき

久しくもこころ和みて離れつついまさら思ふすさむ現世(うつしよ)

天妃山・弟橘媛神社

低山にして険しかる石段を気づかひながら妻としのぼる

海陸を護りてくるるみ杜(やしろ)が立ちてしづもる木漏れ日のなか

断崖(きりぎし)に潮風ふきて見おろせる渚に白くかもめ飛びかふ

芋がら

めづらしきものか芋がら柚子などを送りくれたるふるさとの友

秋日さす軒(のき)につるして芋がらを作りゐたりし母のおもほゆ

芋がらの香にたつ汁や煮物をば妻は作りぬなつかしきかな

令和二年

一月

語らひし友よりの賀状いつにてもその添へ書きの温かきなり

なつかしく「大草原の小さな家」見つつ思ほゆ子育てのころ

味噌(みそ)搗(つ)きを妻楽しむや寒の日に厨(くりや)に立ちて日すがらしをり

窓ごしに見ゆる枇杷の木あらはにも伐られて冬に花の咲きけり

退きしよりの確定申告終へたりき年々にしてわづらはしけれ

雪あられ

はじめての雪にならんか雲垂れて暗くなりつつ風の吹き出づ

横ざまに降り出づる雪みるみるにあられも混じり土に跳ねあぐ

にわかにも降る雪あられ傘ささぬままに濡れつつ妻は帰り来

雪あられやみて夕づく海空（うみぞら）に大きなる虹うつくしく立つ

ヒヤシンス

春寒く庭に萌えたるヒヤシンス青々しくてふくよかなるも

うす紅や淡きむらさき冴えざえし相咲きそめしヒヤシンスの花

むらがりて咲くヒヤシンス朝々に庭にただよふしるき花の香

ヒヤシンス

早春

海のべにはや春は来ん冬のまに荒れし畑を反す人あり

露地に立つ白梅ひと木咲き満ちて道にほのかに香りてすがし

上げ潮に川口にたちゆく漣（さざなみ）の見えてまにまに鴨らただよふ

切通しの片山かげにあかあかとつばき花咲く冬木立なか

潮かをる浜辺に立ちてきらめける海ながむればこころすがしも

潮満ちて荒磯（ありそ）の岩にうねり立つ波は光りて青く透きたり

さながらに黒き鵜に見え海草の波にただよふ浮きて沈みて

乱立の杭（くひ）のごとくに浜に立つテトラポットの見ゆる寂しさ

コロナ禍

新型のコロナウイルスことさらに老いたる身をばさいなむあはれ

とめどなきコロナウイルス東京に住みゐる子らを日々憂ひをり

日を追ひて国にひろがり身にせまるコロナウイルスわれは恐るる

かかることかつてありしやウイルスに学校さへもなべて閉ざさる

天災かはたや人災コロナ禍におもふ現世(うつしよ)の人のはかなさ

午睡

けぶらひて桜咲く山まなかひに見えゐて夕べみぞれ降りくる

ウイルスは衰ふも無くこもりゐるままに桜の花は散りけり

いつになくこころせかれて春畑に茄子やトマトの苗植ゑんとす

ふるさとの夢をば見しか午睡より覚めておぼろに思ひてゐたり

思ほゆるわがふるさとは暖かく老いしわが身のこころ癒せり

ブルーベリー

枝々に可憐（かれん）なる花咲き群れて風にゆれつつほのかに香る

日すがらに蜂らまつはり落ちたりしブルーベリーの花おびただし

ブルーベリー花散りゆきて早はやもうす青き実のつぶさに生るる

こぼるるほど実を結びたるブルーベリー濃き紫になりては摘みぬ

ブルーベリー

芍薬

ほそほそと直立(すぐだ)つ茎に芍薬(しゃく)の蕾ふくらむ頼りなきまま
甘き香のたつや蕾にさながらにはや花咲けと蟻らむらがる
花びらはこぼるるばかり八重に咲くくれなゐ深き芍薬の花

シャクヤク

家

おうな逝きて幾年経しかつひにして家壊（こは）すらん住む子らもなく

亡き人が住みなれし家音立てて壊されたりき時のまにして

跡かたもなく壊されてあらあらしき土もあらはに見ゆるさびしさ

月見草

光さす木立のなかにひそけくも咲くどくだみの花しろじろし

いかならん人の家かやさながらに紅あはく咲く合歓(ねむ)につつまる

そよぐ葉にまぎれつつ見え房をなす栴檀(せんだん)の実の青々しけれ

昼過ぎに来し浜のべ　にかすかにし月見草の花黄に顕ちひらく

ひき潮の海なぎわたり砂浜は白く光りて寄る波もなし

北遠く陸（くが）の影見えまなかひにあまたの　漁船（いさりぶね）のゆきかふ

蟬

長梅雨のあけし八月空高くしてしらじらと光みなぎる

梅雨あけて夕づく庭に鳴きそめしひぐらしの声たどたどしけれ

日ざかりの窓の日よけに影しるく見えてしきりに油蟬なく

夕暮れに椎(しひ)にこもりてひとしきり法師蟬らの鳴きたつあはれ

夜半(よは)さめて暑き臥所(ふしど)に聞こゆるは折々に鳴くこほろぎの声

東京に住む子らあはれ待ちゐしがコロナ禍おそれ盆に帰らず

芙蓉

母よりの芙蓉（ふよう）が咲けりうす紅の花は過ぎし日をかへりみしむる

明日に咲く蕾もろともうす紅の花匂ひたつ夕光（ゆふかげ）のなか

秋の日の光をかへしあかあかと咲きたる芙蓉の花眼にし沁む

ゆく秋の庭のをちこち去年の実の落ちて芽生えし芙蓉の見ゆる

ԳEㄥ

名月

友よりの岩手に取れし松茸と言ひつつ妻は夕げととのふ

食卓に香りのたちてふつくらとしたる松茸飯のうましも

海いづる赤き月はもひとひらの雲そめながらのぼりて速し

月光（つきかげ）は畳にさして中空に名月まろくあかあかと照る

ガラス窓息に曇りてしづけくも秋の夜は更（ふ）く冷えまさりつつ

木犀

いづこにか木犀の花咲きそめんほのかに香る庭夕暮れて

木犀の香りただよふわが畑にすがしく冬の野菜つちかふ

降りつづく雨の中さへかすかにしかよふ木犀の花の香りす

空き家の木立にまぎれしづけくも金木犀の花満ちて咲く

ひと夜にてなべて散りしか金木犀の花道を占むきよらかにして

栴檀

房の実の色づきそめてほのかなる黄の色まとふ栴檀（せんだん）ひと木

仰ぎ見る栴檀ひと木枝々に生りたる黄の実あふるるばかり

てのひらに黄の実を見ればいづこにか鳴く鵯（ひよどり）の声絶ゆるなし

雀おどし遠く聞こえて稲を刈る人あまた見ゆ秋日さしつつ

鮭

鮭見んと今年も来たる関根川そふ木々もみぢして水に映ゆ

群れ泳ぐ鮭を思ひて水透ける流れ見てゆく眼を凝らしつつ

年々に少なくなるもこの川にひた還りたる鮭をし見をり

産みたりし卵をあさるか波立てて浅瀬に鯉を追ふ鮭あはれ

冬

黄や白やひたくれなゐの小菊らの花散りゆきて冬は来れり

おほよそは直立つ枝か空にむかふ冬木むくげを見をりすがしく

山茶花の花ながめつつ冬日さす縁に憩ひし父母おもほゆ

身もこころも温もらんかな冬畑の大根などを採りて煮込みつ

コロナ禍に子らは帰らず聞こえくる除夜の鐘さへただ身に沁む

キク

令和三年

春一番

大寒の昼さがりにて底冷えのゆるみて早もうぐひす飛び来

折ふしにうがちて鳴きて赤腹(あかはら)は日すがらあそぶ冬木めぐりて

つぐみらはいづこにをらん一度さへ庭に来ぬまま春立ちにけり

春一番はやも吹きたりあらあらしく空にひびきて土ぼこりあぐ

福島地震

たち響く地鳴りもろとも揺らぎたりただただ柱にすがりてしゐつ

復興もいまだならぬに烈震のふたたび起きて人をさいなむ

近隣の所々の原発ことも無くかすかなるともわれは安堵す

コロナ禍に地震に疲るる老いわれを気にかけくるる離れすむ子が

震災後ことさら過疎のすすみしかわが街にして空き家の増ゆ

防災のためにかならん壊されてゆく空き家を見つつ寂しむ

みもざ

やはらかに乾きし土に春の雨降るをし見れば身さへうるほふ

よろこびかはたや気がかり三月に入りてはやくも桜咲きしとふ

見えてゐるみもざの花はむらがりて黄にしけぶらふ春の光に

春嵐

見る見るに嵐（あらし）となりて降りそそぐ雨にけぶれる街の家並は

ちりほこりなべて失せしかさやけかる光さし来る嵐去りつつ

ふき荒れし嵐のなごり出でてゆく道はぬかれり春泥（しゅんでい）のごと

ひとときに草木萌えいづ嵐のあと身のたゆきまで暖かくなる

喜寿

午前四時木星土星半月と相より見ゆるくすしきものか

うらうらと春の日照れどコロナ禍をおもへばこころ晴るることなし

いくたびも夜半にめざめて過去(すぎゆき)を未来をおもへばとりとめもなし

ひたすらに生きて来たりてはやも喜寿(きじゅ)かにかく祝はんわが妻や子と

桜　城址公園周辺

関根川ほとりに憩ひ春の日に照らふ桜の花を見てをり

対岸に竜子山見えところどころ桜の花の咲きて明るむ

城あとの小学校は休みかも幼き子らの声は聞こえず

道に敷く花びらも共に吹かれつつ染井吉野のひたすらに散る

水堀（みづほり）に散る花びらや水際（みぎは）には鴨らよりゐて春の日を浴む

陽炎（かげろふ）の立つ里あたり菜の花の咲きしが見ゆるあはあはしけれ

わすれな草

ひそやかに日なた日かげに群れて咲く忘れな草の花をいとしむ

いひがたき空の色かもかにかくに忘れな草は明るき花よ

故もなく花を見ながら公園にそふ店先に咲きし思ほゆ

ワスレナグサ

サーフィン

はつ夏の光さす野にひそけくも草にまぎれて萱草(くわんざう)の萌ゆ

あはあはと藤の花咲く下のへに墓はらありて光さしをり

サーフィンの人らつどひて波よする浜べにいこふ光あみつつ

ただ一羽巌（いはほ）にたちて鵜の鳥の遠くうねれる海を見つめつ

マリーゴールド

マリーゴールド種こぼれしか庭先にあまた芽の出づ春ゆくころに

ささやけき妻の思ひか公園にマリーゴールドの苗を植ゑしか

マリーゴールド　橙色（だいだいいろ）の花のむら見えて公園に子ら遊びをり

マリーゴールド露けき庭に黄の色の花群れて咲くまぶしきまでに

マリーゴールド

挽歌

水無月の日々はさびしく逝きし父逝きし母おもひ涙のおつる

明日は夏至夕づく空に沁むばかり赤々と映ゆひとひらの雲

病室にわれ呼びながら逝きたりし姉おもはるる七月の尽

思ほえば「浜辺の歌」を若きより姉はやさしく口ずさみしか

ふるさとへの思ひかなはん父母とはらからもろとも眠る姉はも

野菜

朝々に見まはる野菜虫捕りをしをればいつか日は高くなる

よく生りてすらりとしたるさ緑の胡瓜に味噌を付けたるうまし

ほしいまま長けたるトマトひたすらに妻は芽かきす晴れし時の間

茂りたる葉を摘みをればさながらにトマトの香りたちてさやけし

夕光(ゆふひかり)さしつつ匂ふ畑(はた)茄子のむらさきの実むらさきの花

老いながら土に親しみ日のもとに季の野菜を作る楽しさ

土石流

避難指示ふるさとに出づ聞く義姉(あね)の声明るくてわれは安堵す

コロナ禍のただ中にさへ避難指示出で生きがたき世と姉は言ふ

土石流におそはれたりし山間(やまあひ)の街の映りて見る影もなし

うづもれし家のかたはらただ一人たたずむ人の見えてせつなし

雲去りてたちあらはるる青空にま日かがやけりむなしきまでに

松葉牡丹

庭先に咲きて親しむいとほしき松葉牡丹の紅や黄の花

小さきは小さき花にかしじみ蝶松葉牡丹に来てはまつはる

今日ひと日曇りとならん松葉牡丹つぼみはかたく閉ぢたるままに

オリンピック

コロナ禍に無観客とぞアスリートの熱き思ひは伝はるらんか

みづからとたたかひながら競ひあふ若き人らにこころ打たるる

点字打つ妻は羨(とも)しも開かれしパラリンピックを楽しみて見つ

こもり居に鬱々(うつうつ)として久しくもギターを弾けばこころ安らぐ

しんしんと光さす畑時わすれコロナわすれて野菜つちかふ

木槿

花木槿(むくげ)つよきしものか詰めたるも芽吹きて蕾あまたふくらむ

うす紅の八重や一重の白き花むくげすがしく季(とき)をゆかしむ

花盛りいつまでつづく夏いまだ衰ふもなく木槿咲きつぐ

秋風に木槿ふたたび勢ふや高きに白く花満ちて咲く

ムクゲ

前線

前線におどろおどろしき雲の起ちにはかに風吹き雨ふり出づる

雲ひらき真青の空とくれなゐの空まぎれつつ夕さりきたり

何故か昼も夜も鳴くあまがへる秋さむくして雨の降らなく

さながらに気をふるはせて鳴きしきる百舌（もず）の声して秋深みゆく

小菊

朝夕の寒くなりつついくつもの小菊花さくとりどりの色

妻や子と親しむ庭にくれなゐや黄に咲く小菊の花すがすがし

懸崖のごとく垣根に群れて咲く黄菊白菊にほふ秋の日

ムキ

メタセコイア　城址公園周辺

もろ鳥の鳴く声ひびき冷ややけき峡（かひ）の流れを妻と見てゆく

何故にのぼりて来ぬか水透ける流れに鮭の影さへやなし

水際のゆるき流れに緋鯉さへまじりて鯉のただ群れおよぐ

メタセコイア子らの声なき校庭に冬空高く色づきて立つ

落ち葉してさながら見ゆる柿の実のあかあかと映ゆ冬の光に

月蝕

暮れかかる海辺を見ればくろぐろと蝙蝠(かうもり)とびかふ空をよぎりて

かかりたる雲うすれゆきみるみるに海出でそめし欠けし月はも

おもむろに三日月のごとほそりゆき極まりて月の光かすけし

空合ひの明るくなりていつしかにまろき月影かがやきにけり

帰省

感染者にはかに減りて今しいま帰りて来たり都に住む子らが

二年ぶり何はともあれ健やかにして相語らひぬこころ和みて

つかのまと思ふもあはれ感染を気づかふ子らは帰りゆきたり

台風に失せて幾年あたらしき鉄橋立ちぬ久慈の流れに

全線の開通せしがコロナ禍に帰郷かなはぬふるさとを恋ふ

令和四年

新年

しらしらと明けゆく空の雲紅く映えてかがやく真日出でそめつ

玄関に活けてさやけしくれなゐの千両や黄菊白菊の花

培(つちか)へるともなくいつか冬庭に黄の水仙の花咲きてをり

あかつきの細き月の辺（へ）さやけくも金星灯のごと揺れてきらめく

新築

過疎化にて整理のすすむわが街にしてをちこちに家の建ちくる

いかならん家が建つらんまのあたり進む工事を見つつ楽しむ

空高くクレーン動きつどひたる人見え柱つぎつぎと立つ

思ほへばわが建て前にふるさとの兄がかけつけ祝ひてくれし

雪

夕づきてくもり空とのけぢめなく阿武隈山地白くけぶらふ

雪ふりし阿武隈山地朝明けの曇れる涯におごそかに立つ

遠見ゆる街の家並はしろじろと光りてけぶる雪晴れし朝

はだれ雪残る垣のへあらそふや時にするどくつぐみらの鳴く

老いし身にことさら寒く日の光まぶしき縁に来ては憩ひつ

如月の日にかがやける浮雲の見えて空にしはや春はこん

シンビジウム

シンビジウム間もなく咲かん花茎の立ちて蕾の色づきそめつ

あふれ咲くシンビジウムの白き花冬の光に照りかがやけり

春にかけて散ることもなく咲き匂ふシンビジウムの花をいとしむ

シンビジウム

こもり居

ひかれつつはらはら見つめさながらに宇宙遊泳スノーボード舞ふ

声あげてひたむきなれや異国との女子カーリング楽しみて見つ

日の暮れて戸締りすれば見るからに余光のみつる空さむざむし

老いらくかはたや慣ひか戸締りをすれば故なくこころは和ぐも

いづこより飛び来たるかや夕日さす軒の白壁に蜂らうごかず

啓蟄とか春一番とか相聞きて三月やうやく春を思へり

母逝く

百四歳になりたる母が眠るごと逝きたりしとふ妻の悲しさ

よみがへる見舞ひて妻と帰りくる時の寂しき母の眼差し

幼より折ふしにしてわが子らを見守りたまひし母思はるる

もろもろの思ひ出あらんほつりほつり母を語らん慕ひし子らが

枇杷

めざめつつ臥所に聞こゆあかつきの空かよひ来る郭公の声

ほととぎす来鳴かぬままにさながらに垣の卯の花すでに散りしか

空き家の庭に今年も生る枇杷の色づきそめぬ梅雨に入りつつ

葉ごもりに黄にし熟れたる枇杷の実の見えて聞こゆるもろ鳥の声

美央柳

黄の淡き蕾の立ちてほつほつと美央柳(びあうやなぎ)の花ひらきそむ

美央柳下枝（しづえ）まで咲き金色にけぶらふ花はこぼるるばかり

美央柳咲きつぎながら黄もしるく庭に散りぼふ蕊（しべ）や花びら

ビヨウヤナギ

トマト

相植ゑしバジルか虫もこずなりてトマトの黄花咲きて段(きだ)なす

故知らにわくら葉もなくいつになく育ちて今年あまた実の付く

コロナ禍に来ぬ子に送らん朝早く妻は摘み取る赤きトマトを

トマト

花火

父生れし越後映りて打ちあがる花火見てをり懐かしみつつ

海面に空にたまゆらかがやける花火に思はず歓声を上ぐ

折々に楽ながれつつもろもろの形にひらく花火たのしき

三尺花火高く開きてさながらにかくしだれつつ光ふりしく

老い

こまごまとあかねに映ゆる空に群れ鶸(ひわ)わたりゆく相鳴きながら

風さむくひと日吹きたるこの夕べ顕つくれなゐの空さえざえし

冬立つや鋭く大気をふるわせて鳴く百舌の声ひすがら聞こゆ

たゆるなく響く潮の音あかつきに覚めて聞きをりうつしみ寒く

もの忘れ老いもろともにすすむらし何をすれども何かをわする

何故に行方不明か流さるる放送聞けば身にしつまさる

すこやかにいくばく生きん実感として残生を思ふこのごろ

老いながら恋ふるともなくおのづから逝きし父母しきに思ほゆ

皆既月蝕

まぼろしか海の上にしあらはるる皆既月蝕の赤き月はも

四百余年ぶりの蝕とか奇（くす）しくも映れる月と惑星を見つ

おもむろに蝕の解けつつ中空に満月明かくかがやきて来つ

山茶花

日に照らふひたくれなゐの山茶花の花のまぶしさ庭のあかるさ

くれなゐをいづこに秘めんあふれ咲く山茶花見つつふと思はるる

咲く花や散る花びらともろともに山茶花にほふ霜白き朝

山茶花に飛び来たるらしさやけくもかろやかに鳴く目白の声す

あらはなる山茶花の花黄の蕊（しべ）に蜂らまつはる冬の日温（ぬく）し

サザンカ

あとがき

本集は、私の第三歌集に当たり、平成二十九年五月より令和四年十二月にかけての作から、四百七十七首を選び収めたものである。「歩道」に掲載された歌もある。

第二歌集「故郷」を出版してより六年ほど経つ。また歌集名は、草木や花を詠んだものが多く、「季の花」とした。

その中から特に、庭に咲く花を詠んだ歌に、絵本作家をめざす娘が、表紙とともに絵を描き添えてくれた。歌にふさわしく気に入っている。

三十余年、妻といつくしみ育てた庭の草木。鳥が運び、母よりたまわり、あるいは集めたもので、なかには万葉集において詠まれた花もある。あじさい、卯の花、すみれ、芙蓉、百合、木槿など。

四季を通し、おりおりに咲く草木の花に、いかばかりこころ癒されたか。あとがきを書きつつ見える庭先には、山茶花の花が今も咲き散る。

老いながら手入れしがたく、柚子や棗、月桂樹などもろもろの木を、伐り詰めてきた。この思いを残そうとして、歌もろともに花の絵を歌集に収めた。楽しみて見ていただければ幸いなり。

令和二年よりの、コロナ禍はいまだ続きて終息の兆しさえなし。ここ数年、娘らと会うこともなく、帰郷もかなわなく、かってないこと。

更に不条理な戦争も起き、不穏にして先の見えない世の中なるが、生きてきたあかしとして、今までの歌を整理して歌集を発行した。これからも、残生ゆたかに生きてゆくべく、歌を詠み続けたい。

今回歌集を出版するに当たり、常日ごろご指導いただいている、「歩道」のかたがたに、こころより感謝をいたします。

また第二歌集につづいて、本集の編集刊行のすべてを引き受けてくれた、時潮社の社長、相良景行様には大変お世話になりました。こころより御礼申し上げます。

令和五年四月

田村　守

著者略歴

昭和 十九 年　　茨城県久慈郡大子町に生まれる
昭和四十三年　　茨城大学卒業
平成 十六 年　　「歩道」入会　佐藤志満に師事
平成二十四年　　第一歌集 『絹雲』
平成二十九年　　第二歌集 『故郷』
住所　〒318-0002　茨城県高萩市高戸139-3

季(き)の花(はな)

2023年5月27日　第1版第1刷　定価＝3,000円＋税

著　者　田村　守 ©
〒318-0002　茨城県高萩市高戸139-3
発行人　相良景行
発行所　㈲時潮社

174-0063 東京都板橋区前野町4-62-15
電話 (03) 5915-9046
FAX (03) 5970-4030
郵便振替　00190-7-741179　時潮社
URL http://www.jichosha.jp
E-mail kikaku@jichosha.jp

印刷所　相良整版印刷　製本所　仲佐製本

乱丁本・落丁本はお取り替えします。
ISBN978-4-7888-0766-2